FRANCISCO LIMA NETO

LUIZ
LUIZ GAMA

1ª edição – Campinas, 2022

"O livro é o mais útil
e sincero amigo do homem bom."
(Luiz Gama)

MOSTARDA EDITORA

Luiz Gama nasceu em Salvador, capital da então Província da Bahia, em 21 de junho de 1830. Era filho de um homem branco, cujo nome ele nunca revelou, e de Luiza Mahin, uma mulher negra africana livre. Luiza foi trazida da Costa da Mina, região do golfo da Guiné. Quitandeira, altiva, teria participado da Sabinada e, por isso, precisou fugir de Salvador para o Rio de Janeiro deixando Luiz aos cuidados do pai.

3

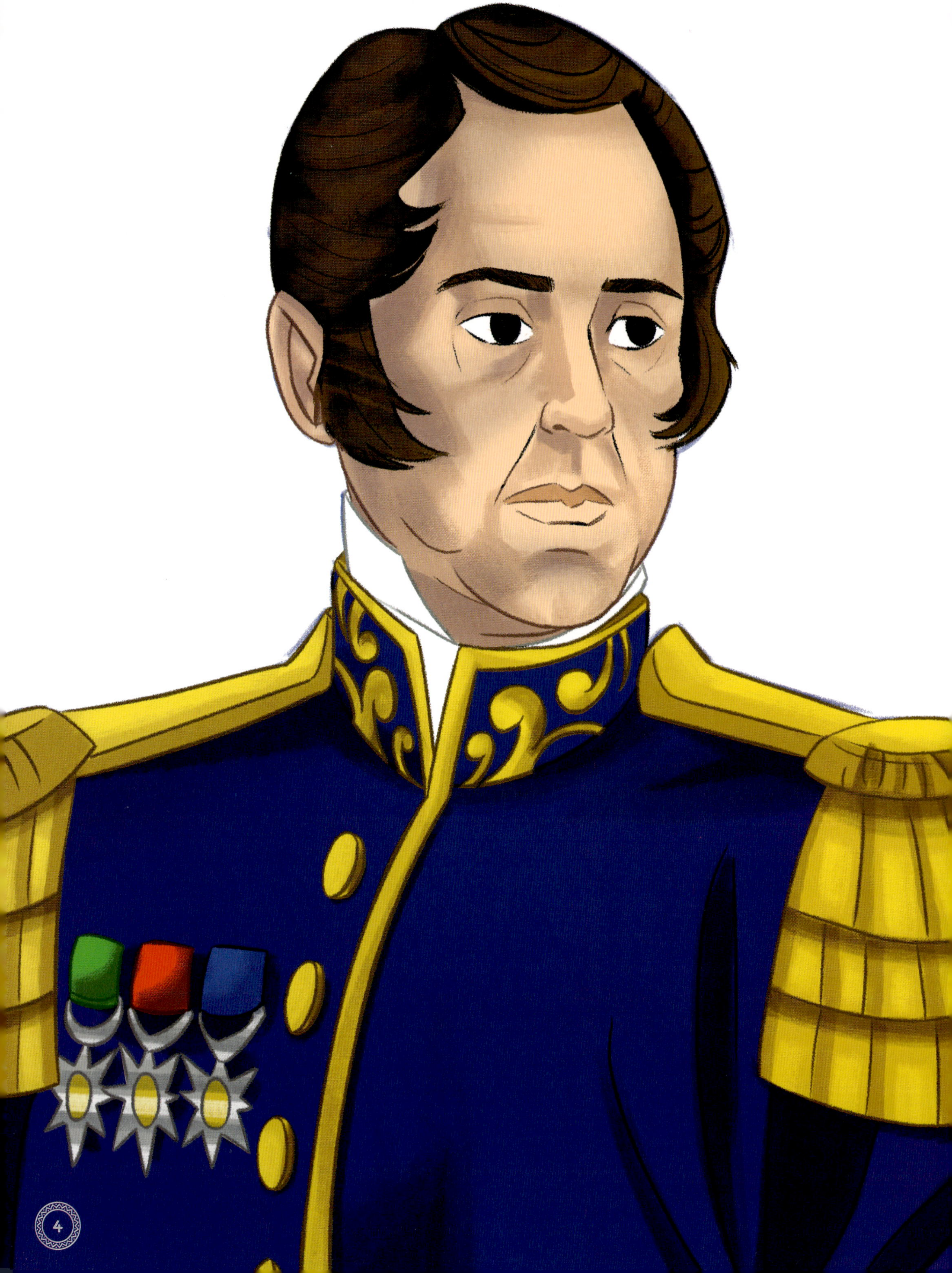

A Sabinada, que recebeu esse nome porque seu líder era Francisco Sabino, aconteceu na Província da Bahia, entre os anos de 1837 e 1838, no Período Regencial – assim chamado, pois não havia nenhum imperador no trono brasileiro e a direção do império estava nas mãos dos regentes.

A revolta teve grande adesão popular e de escravizados na intenção de implantar a República da Bahia. Havia uma grave crise social instalada. Na prática, o movimento queria separar a Bahia do restante do Brasil, ao menos até que Dom Pedro II atingisse a maioridade e assumisse o trono.

6

O pai de Luiz tinha vida confortável. Era fidalgo de origem portuguesa e pertencia a uma das mais tradicionais famílias baianas. Em 1838, ele recebeu a herança de uma tia, mas em pouco tempo já estava na miséria devido ao vício em jogo. Para conseguir dinheiro, vendeu o filho como escravizado aos 10 anos de idade.

O menino foi enviado ao Rio de Janeiro, em 10 de novembro de 1840, a bordo do patacho "Saraiva". Lá chegando, foi para a casa de um comerciante que recebia os negros trazidos da Bahia.

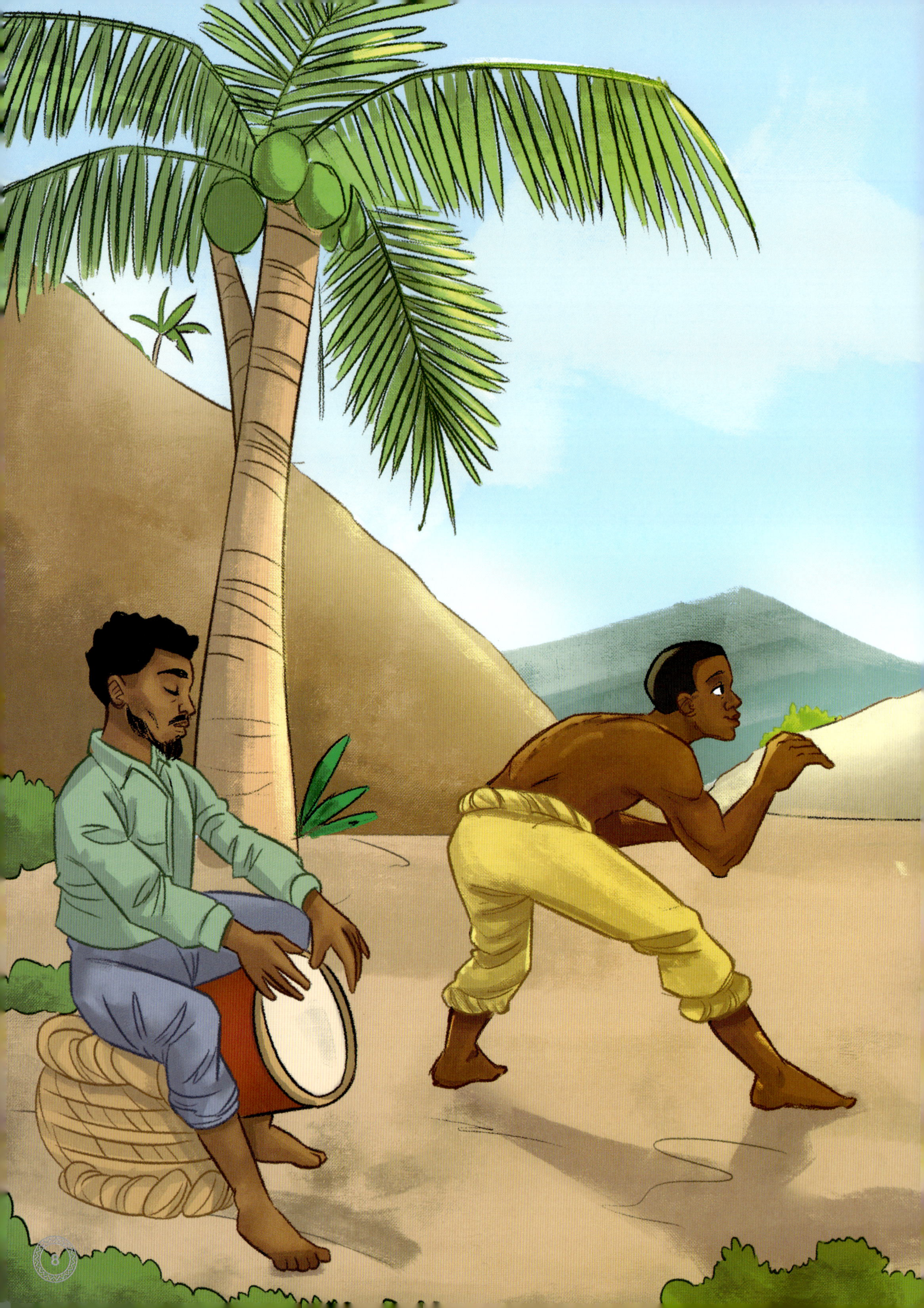

Luiz e outros escravizados foram levados para venda em São Paulo. O menino fez a pé o trajeto entre Santos e Campinas, onde encantou o cafeicultor Francisco Egídio de Souza Aranha. O barão teria desistido de sua compra ao descobrir que Luiz era baiano. Os escravizados da Bahia tinham fama de rebeldes e fujões por causa das inúmeras revoltas que protagonizaram em busca da liberdade.

Dias depois, em dezembro daquele mesmo ano, Luiz Gama foi vendido junto com mais de 100 escravizados para Antônio Pereira Cardoso — negociante e proprietário de uma fazenda na cidade de Lorena, em São Paulo. Ali aprendeu o ofício de sapateiro e o de copeiro, além de lavar, passar e costurar.

Em 1847, o jovem Antônio Rodrigues do Prado Júnior, aos 17 anos, vindo de Campinas para estudar humanidades, foi morar como hóspede na casa do senhor Cardoso. Antônio simpatizou com Luiz e lhe ensinou as primeiras letras.

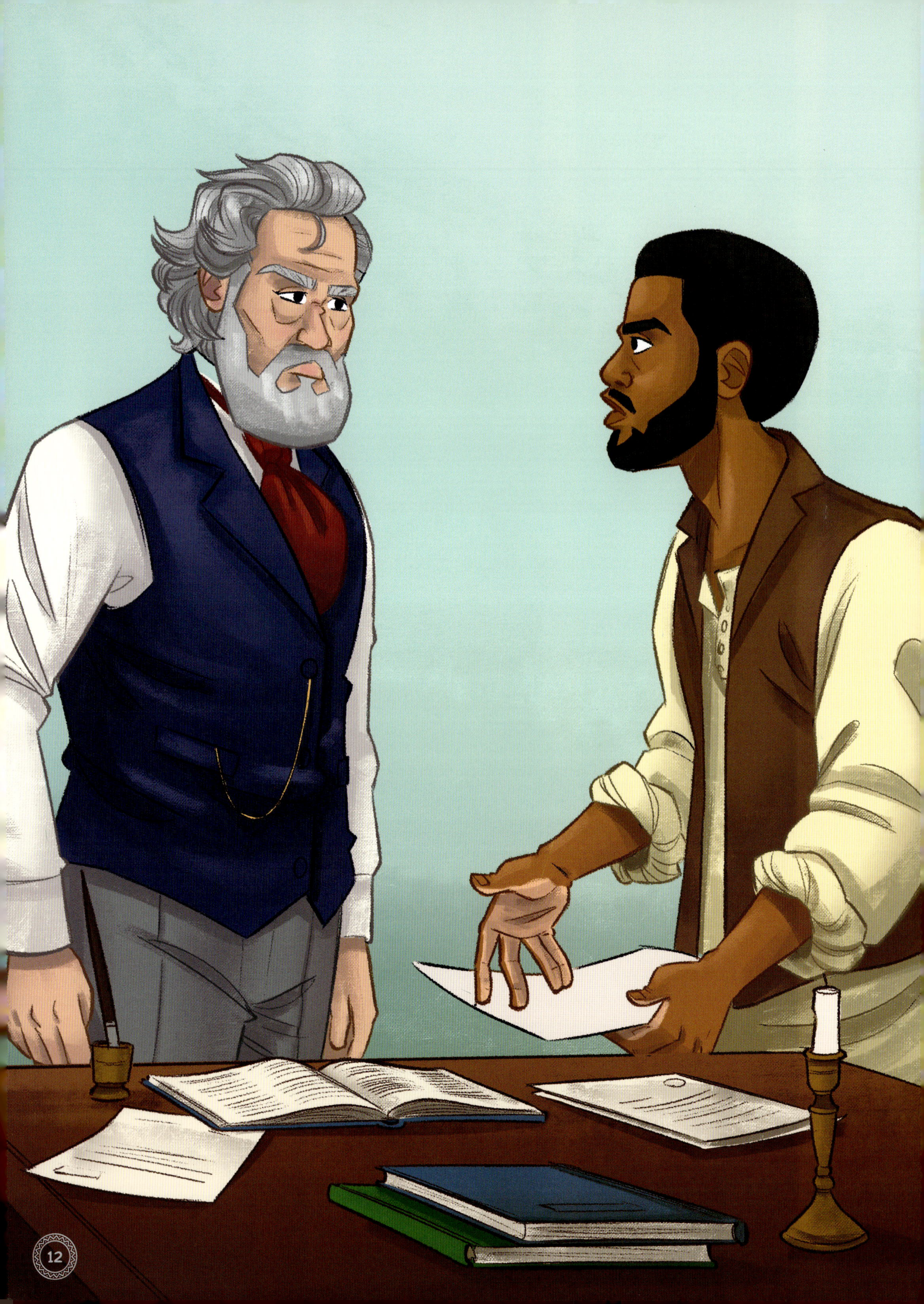

No ano seguinte, já sabendo ler e escrever, Luiz conseguiu secretamente provas de que havia nascido livre e fugiu para alistar-se no Exército. Serviu por seis anos, chegando ao posto de cabo de esquadra graduado. Em 1854, foi desligado e preso por 39 dias, depois de responder por insubordinação ao ameaçar um oficial que o insultara.

Em 1850 casou-se com Claudina Fortunata Sampaio, com quem teve seu único filho, Benedito Graco Pinto da Gama.

Luiz procurou sua mãe na Corte em três oportunidades: em 1847, em 1856 e em 1861, sem sucesso. Até que soube que Luiza Mahin tinha sido presa em 1838 e estava desaparecida.

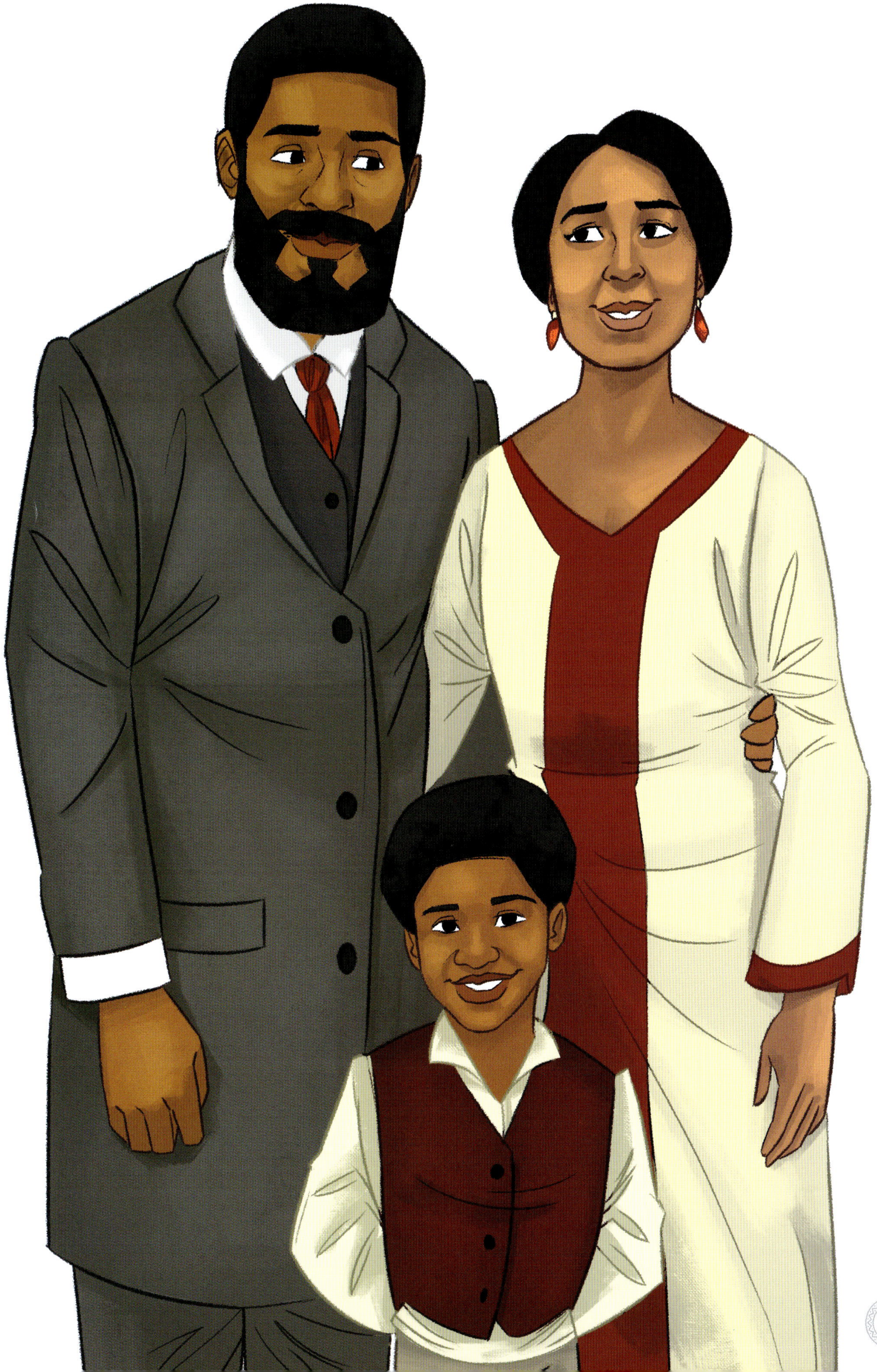

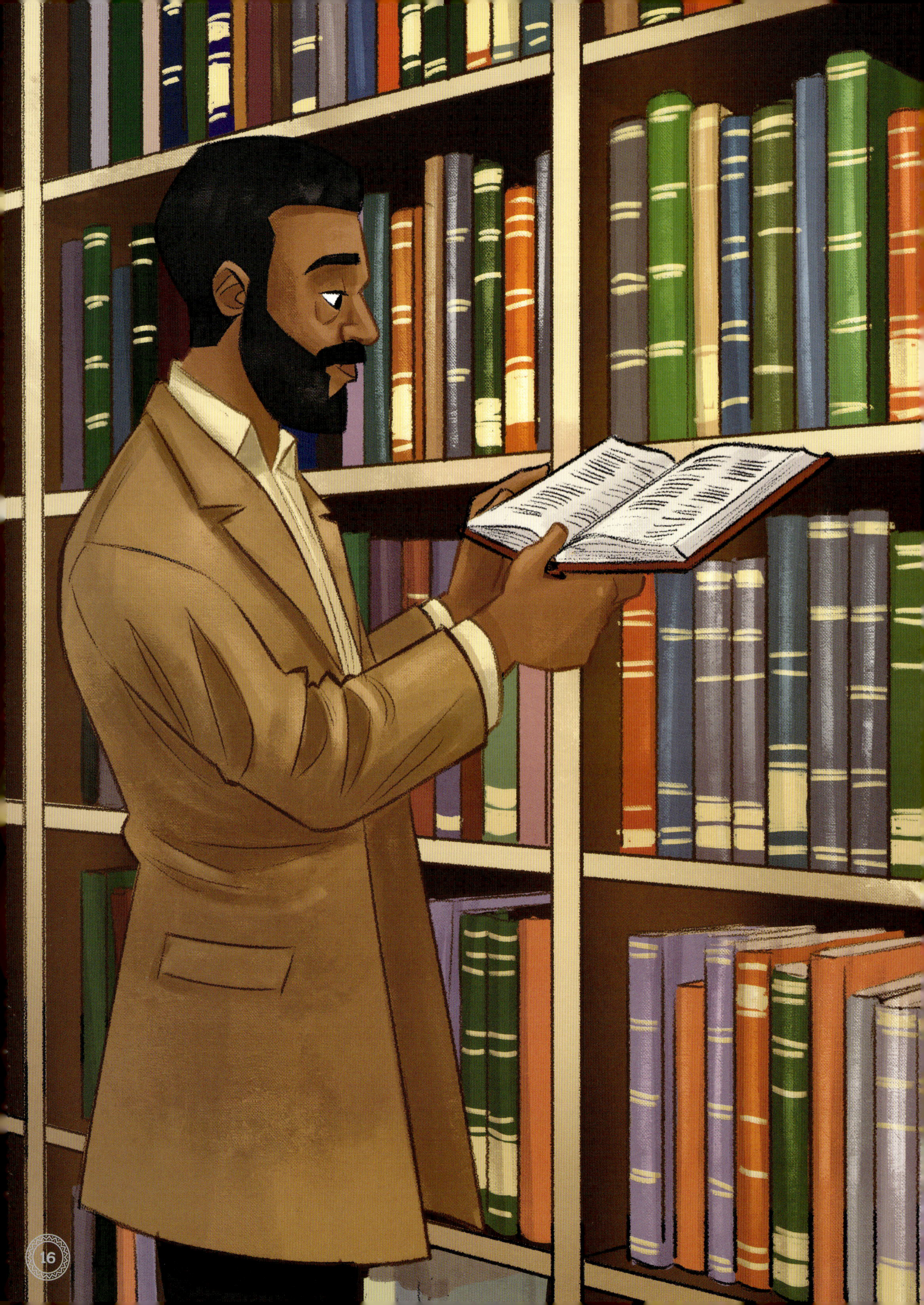

No tempo de exército, nas horas vagas, aprendeu a função de copista, uma espécie de escrivão, e escrevia para o Major Benedito Antônio Coelho Neto, que viria a ser um dos numerosos amigos desse improvável intelectual.

Em 1856, depois de ter servido como escrivão perante diversas autoridades policiais, foi nomeado escrivão da Secretaria de Polícia de São Paulo, no gabinete de Francisco Maria de Souza Furtado de Mendonça, um conselheiro e professor de Direito.

Dispondo do conhecimento de Francisco Mendonça e de sua biblioteca particular, passou a dedicar-se aos estudos de Direito. Tentou uma vaga na Faculdade de Direito do Largo de São Francisco, mas os alunos e professores da elite foram contrários à sua matrícula. Mesmo assim, frequentou algumas aulas como ouvinte.

Trabalhou na Secretaria de Polícia até 1868. Foi demitido quando os conservadores subiram ao poder. A demissão ocorreu porque ele fazia parte do Partido Liberal e era ativista da abolição e do movimento republicano na imprensa. Usava codinomes, como Afro, Getulino e Barrabaz.

Luiz Gama publicou, em 1859, "Primeiras Trovas Burlescas", uma coletânea de poemas satíricos, em que faz uma crítica social e política do Brasil, expondo as questões raciais do ponto de vista do negro. O livro tinha 22 poemas seus e três do político e professor de Direito José Bonifácio, conhecido como Moço. Dois anos depois, ele reeditou a obra no Rio de Janeiro. Na segunda edição publicou 39 poemas, sendo 20 inéditos.

Escreveu também para diversos jornais, como "Diabo Coxo", "Cabrião", "Correio Paulistano", "A Província de São Paulo", "Radical Paulistano", "A Gazeta da Corte", nos quais atuou junto com outros abolicionistas negros — Ferreira de Menezes, André Rebouças e José do Patrocínio. Ele também foi proprietário e redator do semanário político e satírico "O Polichinelo", de 1876. A imprensa e a maçonaria foram fundamentais para o ativismo político e jurídico de Luiz Gama, porque abriram espaço para que ele defendesse os ideais republicanos e recebesse apoio na libertação dos escravizados.

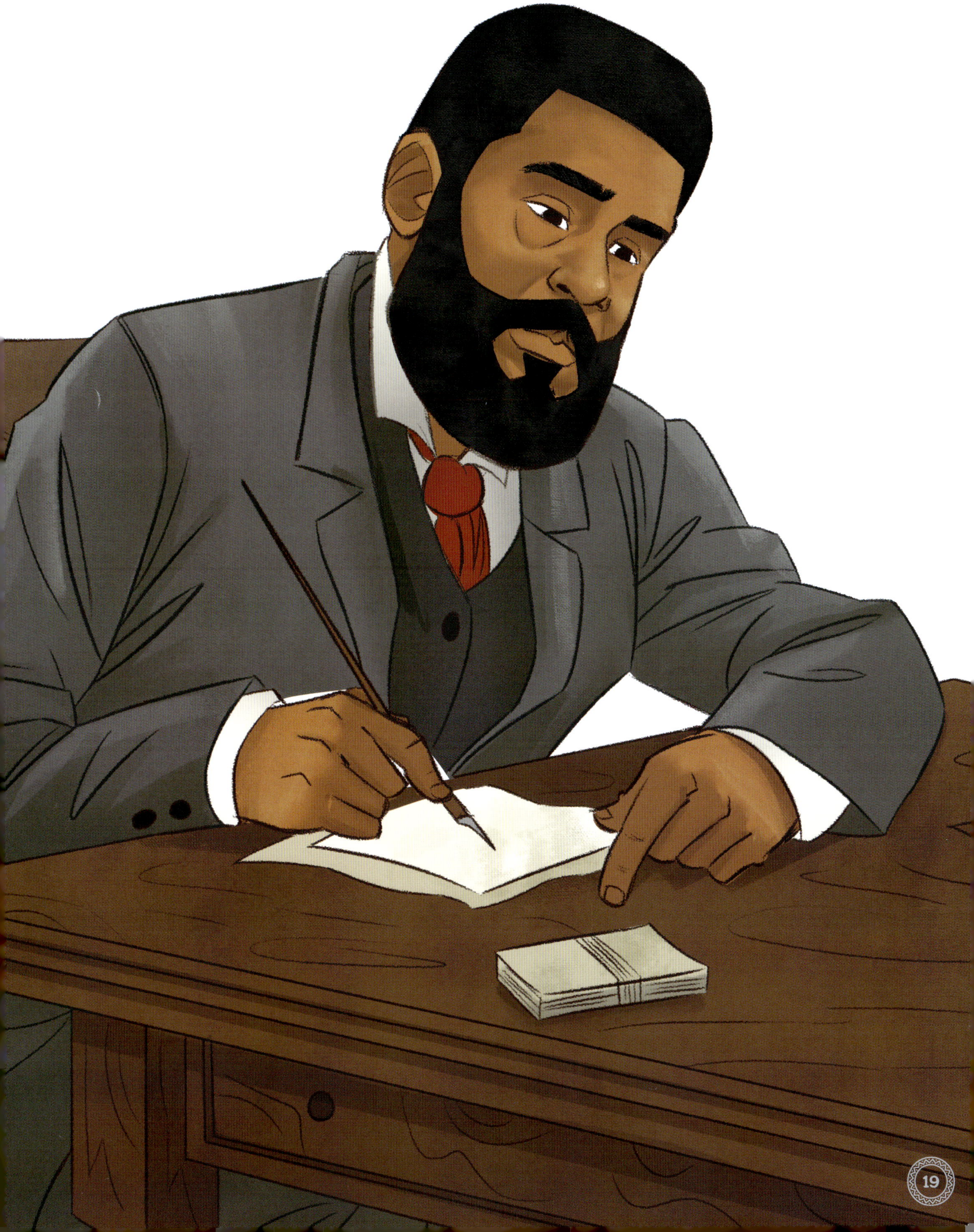

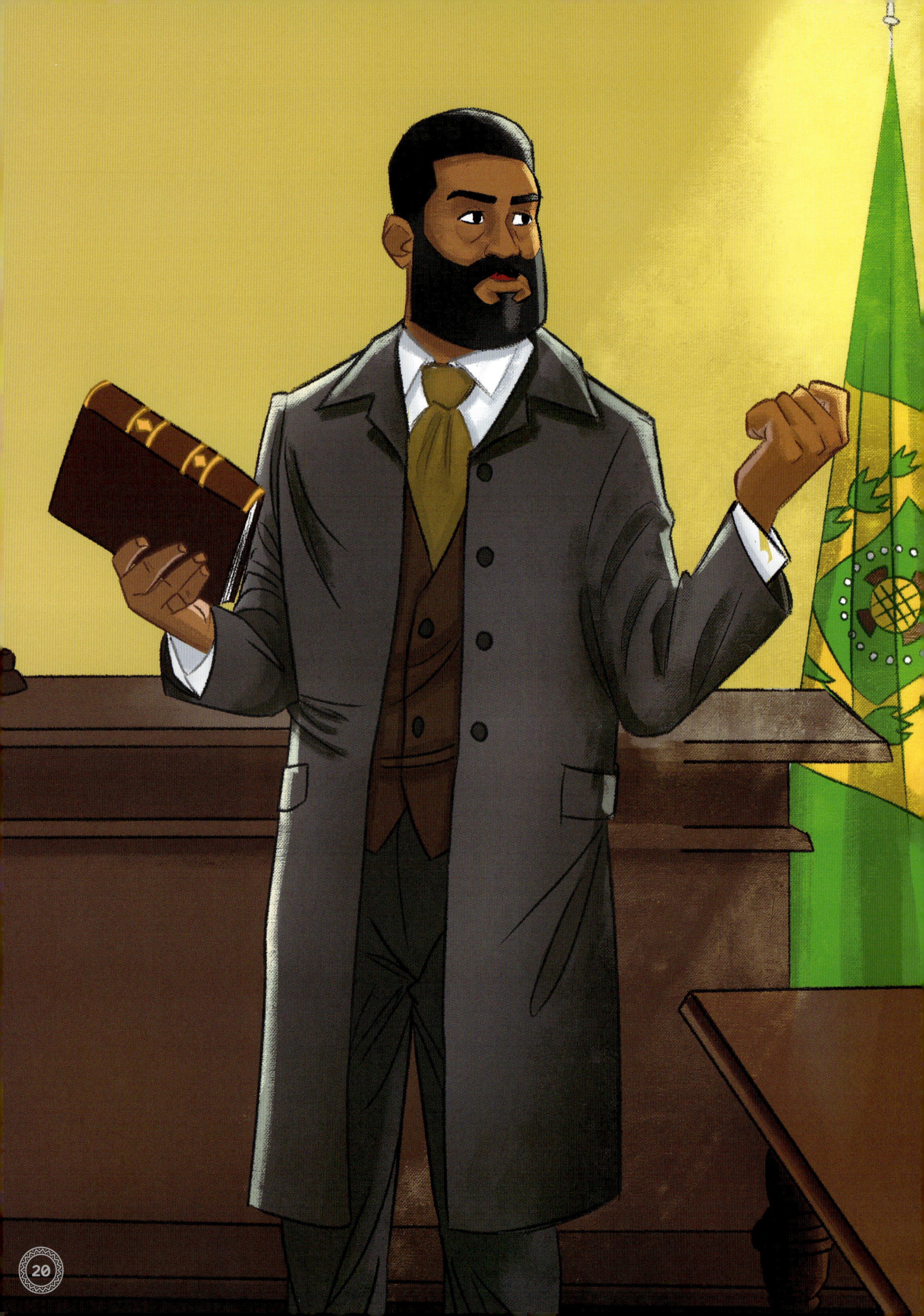

Na época só existiam duas Faculdades de Direito: a de Olinda e a de São Paulo. Portanto, era comum a existência dos rábulas ou provisionados — advogados sem formação. A profissionalização em diversas áreas se dava de forma prática. Autodidata e com grande cultura jurídica, mesmo não sendo diplomado, Luiz Gama conseguiu, em 1869, uma provisão: documento que autorizava a prática do Direito, dada pelo Poder Judiciário do Império.

Nos tribunais, Luiz Gama impressionava com sua oratória impecável e seu profundo conhecimento jurídico. Ele usava todos os argumentos e brechas possíveis para libertar seus semelhantes da escravidão.

Sempre que possível, o rábula recorria à lei de 7 de novembro de 1831, a Lei Feijó, que extinguiu o tráfico negreiro. Mesmo sendo promulgada após pressão da Inglaterra, não era respeitada. Luiz argumentava que, se o tráfico negreiro era proibido desde 1831, todo africano trazido ao país após a aprovação da lei era escravizado ilegalmente. Quando podia provar esse fato, conseguia a liberdade dos clientes.

No final de 1860, ele defendeu um de seus casos mais famosos. Representou 217 escravizados que deveriam ter sido libertados após a morte do "dono", o comendador Ferreira Netto, conforme o testamento. Mas os herdeiros não cumpriram a determinação.

A última instância, em 1872, decidiu que eles deveriam ser libertados até 1878. Luiz Gama entendeu aquilo como uma derrota, pois queria a liberdade imediata para os seus irmãos de cor. Quando a data finalmente chegou, apenas 120 daqueles escravizados ainda estavam vivos para desfrutar da tão sonhada liberdade.

23

Seu trabalho era voluntário. "Eu advogo de graça, por dedicação sincera à causa dos desgraçados; não pretendo lucros, não temo represálias", dizia. Luiz Gama conseguiu a libertação de mais de 500 escravizados. Defendia os negros que conseguiam dinheiro para comprar a alforria, o que não era aceito pelos seus senhores, ou aqueles que já deveriam estar em liberdade. Também atuou na defesa de estrangeiros pobres, enganados ou explorados.

Em 1873, ele participou da Convenção de Itu, que criou o Partido Republicano Paulista. Contudo, ciente de que naquele meio dominado por fazendeiros e senhores de escravizados suas ideias abolicionistas não seriam frutíferas, passou a denunciá-los e condená-los de todas as formas possíveis. Em 1880, tornou-se o líder da Mocidade Abolicionista e Republicana.

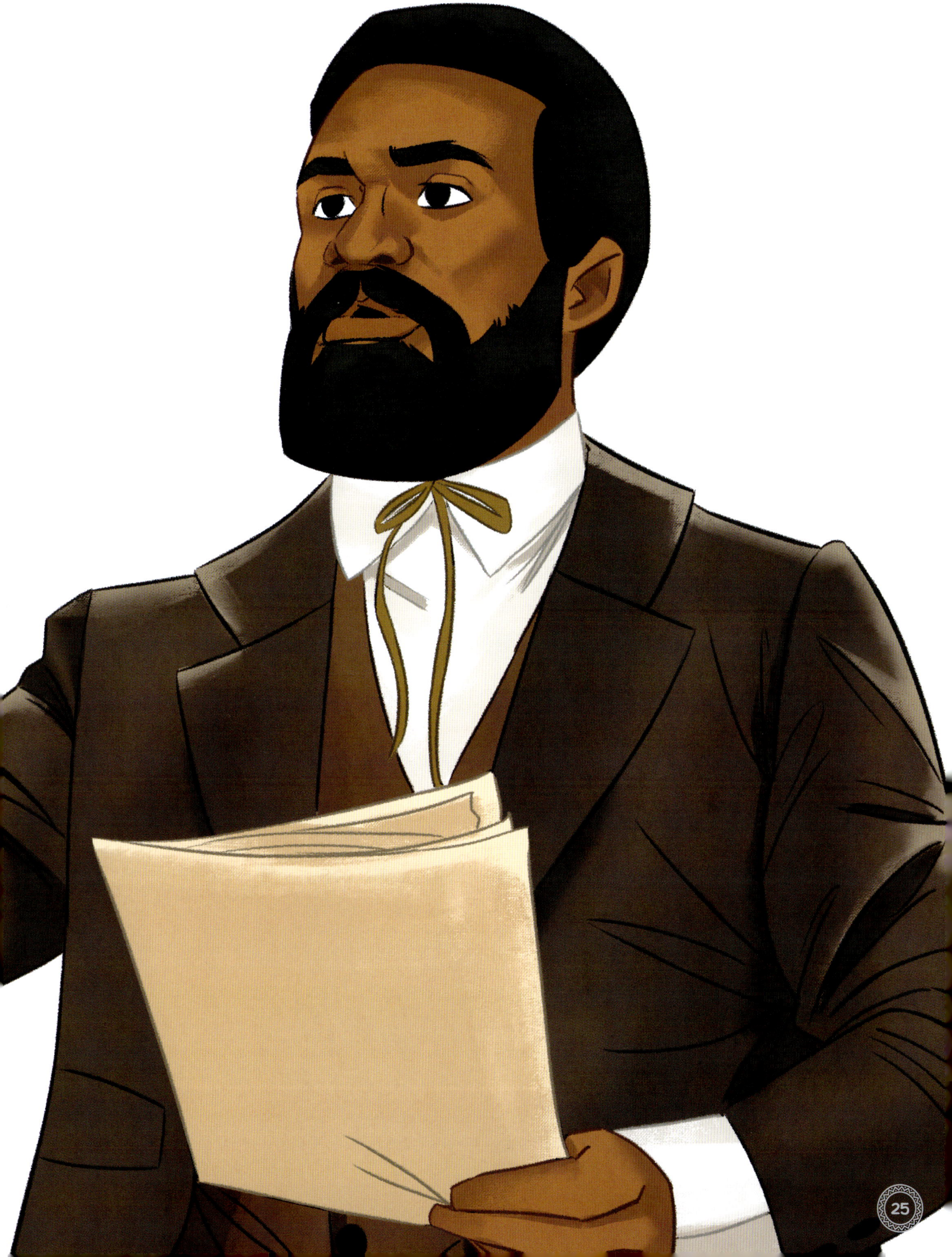

Luiz Gama morreu em São Paulo, aos 52 anos, no dia 24 de agosto de 1882, vítima do diabetes, seis anos antes de ver sua tão sonhada abolição da escravatura. Sua morte causou grande comoção na cidade. Uma multidão carregou seu caixão até o cemitério da Consolação, sob aplausos e discursos inflamados.

ABOLICIONISTA
LUIZ GAMA
LUIZ GONZAGA PINTO DA GAMA
21·06·1830
24·08·1882

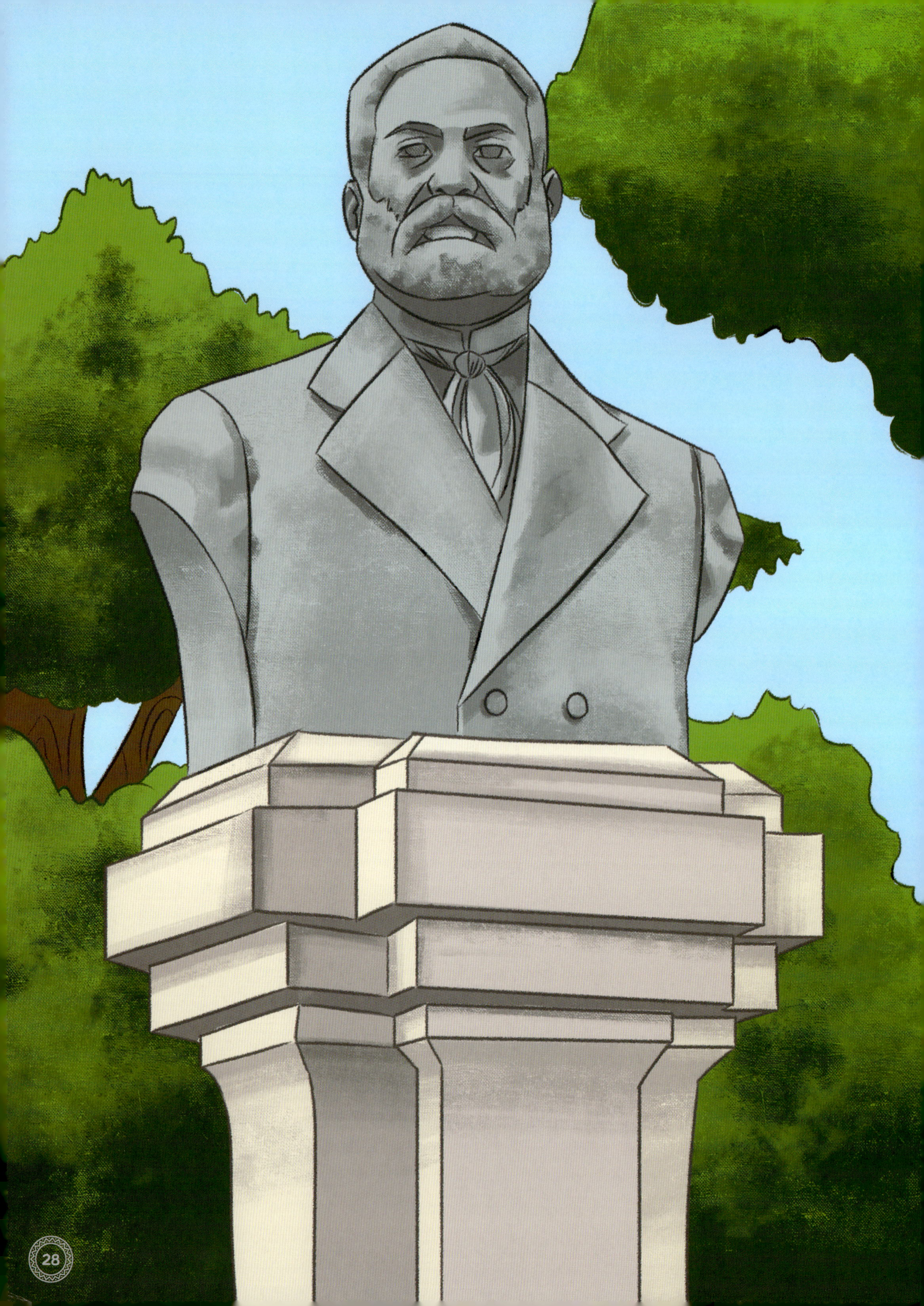

Luiz Gama foi a primeira pessoa negra a ter uma estátua em sua memória, em 1931, no Largo do Arouche, em São Paulo.

Em 2015, ele recebeu o título póstumo de advogado pela Ordem dos Advogados do Brasil (OAB).

Em 2017, a Faculdade de Direito do Largo de São Francisco deu a uma de suas salas o nome do ativista. Foi a primeira vez que alguém que não deu aula na faculdade recebeu a honraria.

Em 2018, foi declarado "Patrono da abolição da escravidão do Brasil" e inscrito no livro dos heróis da pátria.

Em 2021, recebeu o título de "Doutor Honoris Causa", concedido pela Universidade de São Paulo (USP) — foi o primeiro brasileiro negro a receber a honraria da instituição.

É o patrono da cadeira n.º 15 da Academia Paulista de Letras (APL).

Sua vida foi retratada no filme "Doutor Gama", dirigido por Jeferson De e lançado em 5 de agosto de 2021.

A luta e a história de Luiz Gama seguem vivas e inspirando gerações a lutarem contra toda forma de opressão em relação à população negra.

Luiz Gonzaga Pinto da Gama foi poeta, escritor, jornalista e advogado que combateu a opressão, o racismo e a escravidão no Brasil. Mesmo nascendo livre, foi vendido e explorado, o que não o impediu de seguir seus objetivos e libertar mais de 500 escravizados.

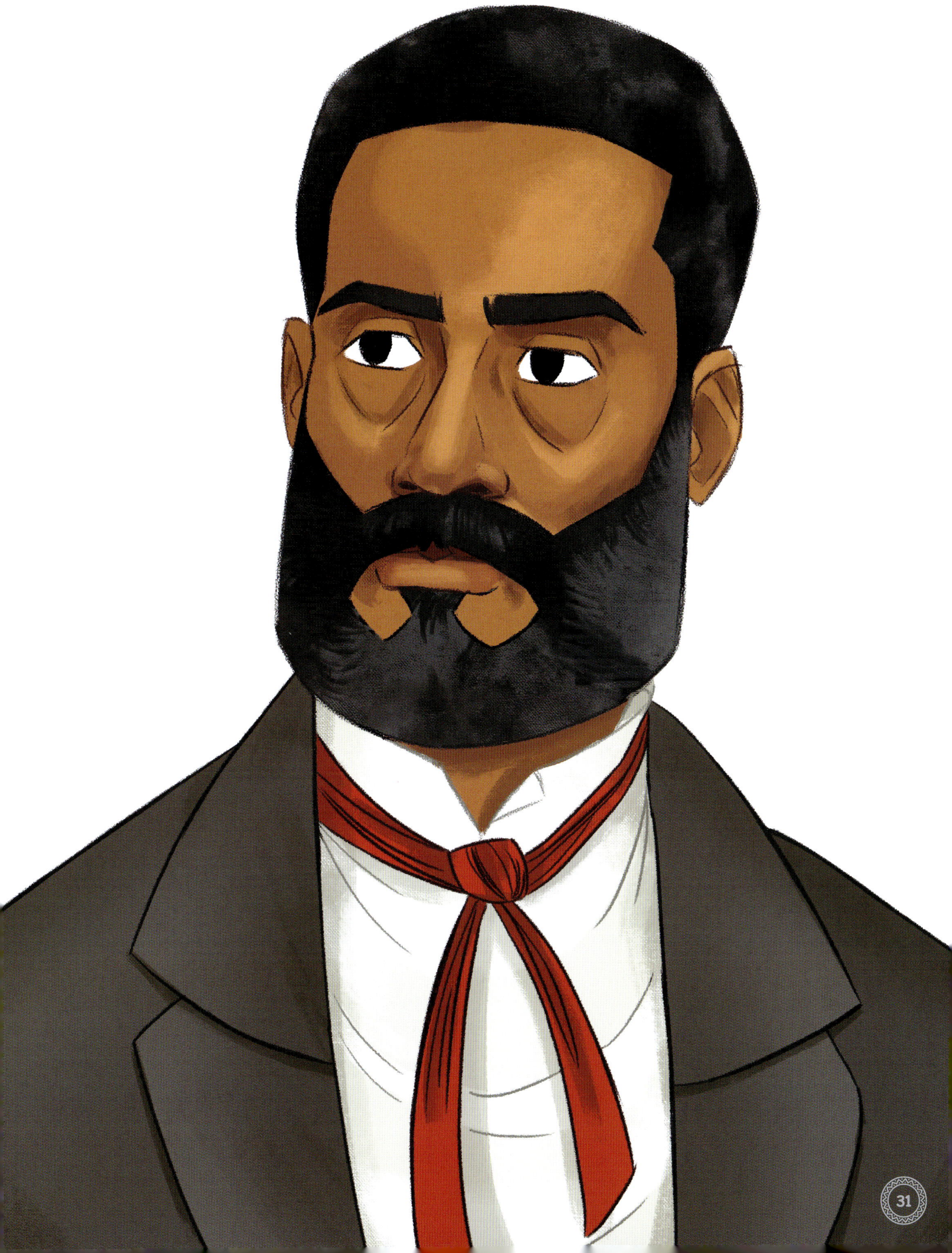

Querido leitor,

A editora MOSTARDA é a concretização de um sonho. Fazemos parte da segunda geração de uma família dedicada aos livros. A escolha do nome da editora tem origem no que a semente da mostarda representa: é a menor semente da cadeia dos grãos, mas se transforma na maior de todas as hortaliças. Assim, nossa meta é fazer da editora uma grande e importante difusora do livro, e que nessa trajetória possamos mudar a vida das pessoas. Esse é o nosso ideal.

As primeiras obras da editora MOSTARDA chegam com a coleção BLACK POWER, nome do movimento pelos direitos do povo negro ocorrido nos EUA nas décadas de 1960 e 1970, luta que, infelizmente, ainda é necessária nos dias de hoje em diversos países. Sempre nos sensibilizamos com essa discussão, mas o ponto de partida para a criação da coleção ocorreu quando soubemos que dois de nossos colaboradores já haviam sido vítimas de racismo.

Acreditando no poder dos livros como força transformadora, a coleção BLACK POWER apresenta biografias de personalidades negras que são exemplos para as novas gerações. As histórias mostram que esses grandes intelectuais fizeram e fazem a diferença.

Os autores da coleção, todos ligados às áreas da educação e das letras, pesquisaram os fatos históricos para criar textos inspiradores e de leitura prazerosa. Seguindo o ideal da editora, acreditam que o conhecimento é capaz de desconstruir preconceitos e abrir as portas do pensamento rumo a uma sociedade mais justa.

Pedro Mezette
CEO Founder
Editora Mostarda

EDITORA MOSTARDA
www.editoramostarda.com.br
Instagram: @editoramostarda

© Francisco Lima Neto, 2021

Direção:	Fabiana Therense
	Pedro Mezette
Coordenação:	Andressa Maltese
Produção:	A&A Studio de Criação
Texto:	Fabiano Ormaneze
	Francisco Lima Neto
	Júlio Emílio Braz
	Maria Julia Maltese
	Orlando Nilha
	Rodrigo Luis
Revisão:	Elisandra Pereira
	Marcelo Montoza
	Nilce Bechara
Ilustração:	Eduardo Vetillo
	Henrique S. Pereira
	Kako Rodrigues
	Leonardo Malavazzi
	Lucas Coutinho

Dados Internacionais de Catalogação na Publicação (CIP)
(Câmara Brasileira do Livro, SP, Brasil)

```
Lima Neto, Francisco
   Luiz : Luiz Gama / Francisco Lima Neto. -- 1. ed.
-- Campinas, SP : Editora Mostarda, 2022.

   ISBN 978-65-88183-26-7

   1. Abolicionistas - Brasil - Biografia
2. Biografias - Literatura infantojuvenil 3. Gama,
Luiz, 1830-1882 I. Título.

21-88026                              CDD-028.5
```

Índices para catálogo sistemático:

1. Luiz Gama : Biografia : Literatura infantojuvenil
   028.5
2. Luiz Gama : Biografia : Literatura juvenil   028.5

Eliete Marques da Silva - Bibliotecária - CRB-8/9380

Nota: Os profissionais que trabalharam neste livro pesquisaram e compararam diversas fontes numa tentativa de retratar os fatos como eles aconteceram na vida real. Ainda assim, trata-se de uma versão adaptada para o público infantojuvenil que se atém aos eventos e personagens principais.